¡Al carnaval!

Una celebración en Santa Lucía

ESCRITO POR **Baptiste Paul**

ILUSTRADO POR **Jana Glatt**

TRADUCIDO POR **María A. Pérez**

Barefoot Books
Step inside a story

—*¡Manjé!* ¡Come, Melba! —dice *manman* Lucy—.
¡Mañana es un gran día!
Los adultos hacen planes para la mañana. ¡Carnaval!
Melba intenta escuchar, pero su mente vuela…

La música soca retumba con fuerza y los tambores metálicos resuenan.
La gente baila en trajes de plumas. Los jueces coronan a los ganadores.
Melba inhala los aromas: pan frito y pollo bañado en salsa verde. Mmmm...

—¿Melba? ¿Me oíste?
La voz de *manman* Lucy devuelve a
Melba a la realidad. Melba asiente.
—Corre a la cama si quieres
despertarte a tiempo.

—¡*Bonswè!*

Melba se mete bajo el mosquitero, ¡pero no se le cierran los ojos! Su entusiasmo bate como el mar hasta que la luna sube en el cielo.

Cuando Melba se despierta, el sol se cuela por la ventana.

La casa está en calma.

Demasiado en calma.

—¿Dónde están todos?

—En la ciudad —bosteza la prima Zarah, mientras alimenta al bebé—. *Tonton* dijo que los que querían ir con él tenían que salir a las siete.

A Melba se le formó un nudo tan duro como una uva de mar en la garganta.

—¡Pero, *tonton* escogió *mi* idea de traje para su banda! ¡Tengo que ver si gana!

—**tranquila** —dijo Zarah—. Dejó dinero para el autobús.

Una niña entusiasmada sale por la puerta con dos dólares del Caribe Oriental en la mano.

—¡Al carnaval!

En la carretera, todo le recuerda a Melba el carnaval.
Vuelve el sonido de los tambores metálicos: ¡tinca, tintín!
¡tinca, tintín!

Melba se detiene. No es un sueño . . .

¡es *misyé* Francois!

—¡*Bonjou!* Ven a escuchar mi canción.
Es sobre un *mannikou* que está despierto
por el día y duerme por la noche —dice.
Melba se ríe. ¡Los *mannikou* son nocturnos!
—Tengo que tomar un autobús al carnaval.

Misyé Francois comienza una canción, baquetas de punta de goma en mano. Golpea el tambor metálico. **¡tinca, tíntín!** Los pies de Melba no se pueden resistir. ¡Mira! ¡Un *mannikou* asoma la cabeza!

Todos están disfrutando de
la música cuando Melba oye el
rugido de un autobús. ¡R-R-Run!
—¡Lo perdimos! —exclamó.
—tranquila —dice *misyé* Francois—.
Caminemos a la siguiente parada.

Una niña entusiasmada,

un músico

y un *mannikou*

corren montaña abajo.

—¡Al carnaval!

Antes de llegar a la parada, Melba ve dos *jacquot* verdes y un arcoíris en los árboles.

—¡Socorro! —grita una voz.

—Mi cometa está atorada —dice su amigo Kenwin—. ¿Me ayudas?

—Que la suelte el *jacquot* —bromea Melba—. Yo tengo que tomar el autobús al carnaval.

—Te dejo volar mi cometa.

A Melba se le ilumina la cara.

—¡Volar una cometa! ¡Muy bien!

Melba suelta la cometa.
Al bajar, oye un zumbido.
—¡El autobús! ¡Otra vez!
Las luces traseras desaparecen.
—*tranquila* —dice Kenwin—.
La señorita Drina tiene
un camión.

Una niña entusiasmada,

un músico,

un *mannikou*,

dos *jacquot*

y un niño con una cometa

corren montaña abajo.

—¡Al carnaval!

Melba pasa por árboles de guayaba, papaya
y jobo indio. Por fin, divisa hojas grandes y largas.
¡Bananeros! Ve a la señorita Drina, la agricultora,
que pone racimos en cajas.

   —¡*Bonjou!* Perdimos el autobús al carnaval
—explica Melba—. ¿Nos lleva?

   —Lo siento —dice la señorita Drina—,
el camión está descompuesto.

   —¡No puede ser! —exclama Melba.

   —**tranquila** —dice la señorita Drina—.
Si me ayudas a llenar estas cajas,
puedes comerte una banana
mientras caminamos.

Melba levanta una caja. Algo se mueve.

Mira por los agujeros y ve algo azul, negro y amarillo...
¡como la bandera!

—Esa es María, la *zanndoli* —dice la señorita Drina.

—La rescatamos. Cuando se cure, la devolveremos
a su hogar.

La señorita Drina señala un claro y Melba se da
cuenta de que están llegando a la ciudad.

Una niña entusiasmada,

un músico,

un *mannikou*,

dos *jacquot*,

un niño con una cometa,

una agricultora,

cuatro cajas de bananas

y una *zanndoli*

corren montaña abajo.

—¡Al carnaval!

Cuando llegan a la plaza de la ciudad, Melba divisa
el final del desfile.

—¡No! Esa era la última banda. ¡Se acabó!

Todos se detienen con los hombros caídos. La niña
entusiasmada se convierte en una
niña decepcionada.

—tran-an-an-quila —canta *misyé* Francois.
Melba se gira para ver el animado grupo
de amigos que la siguen.

—¡Quizás no nos hayamos perdido el desfile!
Su banda saluda.

—*¡Nosotros* somos un desfile!
La gente aplaude.

Y una niña entusiasmada,

un músico,

un *mannikou*,

dos *jacquot*,

un niño con una cometa,

una agricultora,

cuatro cajas
de bananas

y una *zanndoli*

desfilan, cual banda loca, por la calle principal.

Melba descubre la banda de *tonton* en
la plaza. ¡Los trajes son fantásticos!
Tonton mueve la cabeza.
—No ganamos. Supongo que estás decepcionada.
Melba se ríe.
—¡tran-an-an-quilo!

. . . Nos queda el año que viene.

Pronunciación creole y glosario

bonjou (bo-yú): hola

bonswè (bo-suey): buenas noches

jacquot (ya-ko): un loro verde que es el ave nacional de Santa Lucía

manjé (ma-yé): ¡come!

manman (ma-má): mamá

mannikou (man-u-ku): zarigüeya

misyé (me-ser): señor

soca (so-ka): música de ritmo rápido y alegre, mezcla de *reggae* y calipso

tonton (to-to): tío

zanndoli (san-do-li): una lagartija que tiene los colores de la bandera de Santa Lucía

¿Qué es el creole?

El *creole*, o criollo, es una combinación de diferentes lenguas. Las personas que hablan distintas lenguas comienzan a comunicarse entre sí con palabras de más de una lengua, y eso se convierte en una nueva lengua. El *creole* de Santa Lucía (también llamado *kwéyòl*) es una mezcla de francés con varias lenguas africanas, inglés y caribe.

¿Sabías que...?

Anualmente, en Lunes de Pascua, se celebra un **festival de cometas** en Santa Lucía. Las cometas tradicionales se hacen a mano y son de papel y palitos de bambú.

La fiesta del inicio del carnaval, llamada **J'ouvert**, ¡comienza antes del amanecer!

Los **tambores metálicos** se crearon en la década de 1930 en Trinidad, pero fueron los esclavos africanos quienes en 1700 llevaron a las islas la costumbre de tocar tambores.

¿Dónde está Santa Lucía?

¿Qué es el carnaval?

¿Por qué se celebra el carnaval?

En sus inicios, el carnaval era un tiempo de celebración antes de la Cuaresma. La Cuaresma es un período en el calendario católico en el que se hacen sacrificios, o se renuncia a cosas que nos gustan, como algunos alimentos. Hoy en día, personas de todas las religiones participan en el carnaval como celebración comunitaria y cultural.

¿Qué se hace en el carnaval de Santa Lucía?

En los días de carnaval hay muchos festejos, desfiles, concursos de música y baile, fiestas en las calles y frituras de pescado. Participar en un desfile se llama *playing mas*. Grupos de personas llamados bandas de *mas* se visten con elaborados trajes adornados con plumas, bisutería y cuentas, y compiten por premios a los mejores trajes.

¿En qué otros lugares del mundo se celebra el carnaval?

¡El carnaval se celebra en más de cincuenta países! Algunos de los carnavales más grandes y famosos tienen lugar en Río de Janeiro (Brasil), Nueva Orleans (EE. UU.) y Venecia (Italia). Otros países en Centro y Sudamérica, las islas del Caribe, partes de África y Europa, así como en el sur de Estados Unidos también celebran el carnaval. Siempre hay desfiles, música y comida callejera, pero cada quien tiene tradiciones propias.

Nota del autor

De niño, me encantaba cuando comenzaba la temporada de carnaval. El olor a pollo asado marinado en salsa verde me hacía la boca agua. Me gustaba ver la exhibición de creativos trajes, pero lo mejor era la música de calipso y soca. ¡Soñaba con *playing mas* en el desfile del carnaval! Mi familia no tenía dinero para trajes, así que me limitaba a mirar. Pero la sensación de unidad y comunidad al celebrar nuestra cultura es la verdadera esencia del carnaval.

A los niños de Santa Lucía y las islas vecinas: ¡sueñen en grande!

— **Baptiste Paul**

En afectuosa memoria de la verdadera señorita Drina, Mary Charley. Su don para la narración perdura. — B. P.

Para mi hija Malú, quien aún estaba en mi barriguita cuando hice este libro. En el futuro podré mostrarle este libro, hecho con amor. — J. G.

Nota de la ilustradora

El carnaval aquí en Brasil es muy parecido al carnaval en Santa Lucía, con coloridos trajes adornados con plumas y desfiles. La principal diferencia es la música: en Brasil tocamos samba. Crear los trajes para el carnaval es siempre emocionante e ilustrar los trajes de este libro fue también emocionante. Me gusta crear arte colorido y con textura, usando la diversidad del mundo como fuente de inspiración. ¡Espero que este libro transmita la belleza y magia del carnaval!

— **Jana Glatt**

Barefoot Books
Bradford Mill, 23 Bradford Street, West Concord, MA 01742

Derechos de autor del texto © 2021 de Baptiste Paul
Derechos de autor de las ilustraciones © 2021 de Jana Glatt
Se hacen valer los derechos morales de Baptiste Paul y de Jana Glatt

Publicado por primera vez en los Estados Unidos de América por Barefoot, Inc. en 2021
Todos los derechos reservados

Diseño gráfico de Sarah Soldano, Barefoot Books
Traducido por María A. Pérez
Edición y dirección artística de Kate DePalma, Barefoot Books
Reproducción por Bright Arts, Hong Kong
Impreso en China en papel 100% libre de ácido
La composición tipográfica de este libro se realizó en Athelas, JollyGood Proper, Kingdom y Minya Nouvelle
Las ilustraciones se realizaron en pintura líquida al agua y a lápiz y crayón

ISBN 978-1-64686-215-3

La información de la catalogación de la Biblioteca del Congreso para la edición en inglés se encuentran en LCCN 2020949756

1 3 5 7 9 8 6 4 2